Balade

avec un chien doué

ISBN : 9798737434007

**Mille mercis à Pike pour avoir créé et dessiné
la couverture de ce livre**

A l'animal en nous

Nom d'un chiot !

Il pluviote, nous sommes là tous les deux dans le sas de l'entrée et nous regardons la pluie tomber. Il n'a pas la même énergie que d'habitude, le même désir fou. C'est l'expectative : sortir, ne pas sortir, avec déjà ignoré en lui le regret de ne pas l'avoir fait et pourtant la crainte d'être mouillé. *« Allez viens »*, je l'entraîne avec moi, je le tire, l'oblige, pensant aux conséquences à venir s'il ne sortait pas et aussi à sa mélancolie s'il remontait dans l'appartement sans avoir respiré l'air exaltant du dehors, sans avoir vécu ni rencontres, ni senteurs, ni plaisirs des sens.

Nous marchons au même rythme, lui devant et moi derrière. C'est lui qui impose la cadence. Moi je ne suis que l'outil.

L'émerveillement des sens à promener son chien ou à se laisser promener par lui ne peut se partager qu'avec les connaisseurs. Là où ne se trouvaient que grisaille, murs tristes, rues sans intérêt, personnes et personnages divers, chiens, chats, pigeons et furet, apparaît un monde inconnu, amusant, passionnant, parlant, remuant, s'agitant, un monde de queues frénétiques et de signes de piste, une galaxie d'empathie, de sympathie, de partages, de gentillesse et parfois seulement de cruauté.

Mais se promener avec un chien doué, un chien dont le QI est l'un des plus élevés du quartier, un chien qui peut conceptualiser, c'est là une merveilleuse aventure que je souhaite à mes meilleurs amis, ceux que j'aurais pu avoir si je n'avais été une enfant totalement solitaire et immergée dans les livres.

A l'instant même où j'écris ces quelques mots se lèvent, visages furibonds, énervés, compassés, attristés par mon état mental, une foule de non-admirateurs qui tous s'exclament en cœur et plutôt de mauvaise humeur *« Doué ? Qu'est-ce à dire ? »*. Et je vois immédiatement une mécanique implacable jouer dans leurs petites têtes de piaf *« Si elle croit son chien doué c'est parce qu'elle projette sur lui »*, j'entends les petits déclics des esprits bien-pensants de l'égalité, de la fraternité du peuple canin *« Et d'abord doué ça ne veut rien dire ! »*. Puis sous forme d'estocade *« Un chien intelligent, c'est du n'importe quoi, il n'y a pas une mais plusieurs intelligences »* et blabla, et blabli.

Il y a quelques mois de ça, j'aurais été assommée, écrasée, tyrannisée par ces opinions, mais il y a eu tout à la fois un séisme, un bouleversement radical, une catastrophe en moi et autour de moi qui m'a fait passer du statut de novice à celui d'initiée en quelques jours et a tout à coup transmué le plomb en or ou, diraient mes détracteurs, plutôt l'inverse.

Comme il faut les pieds sur terre garder comme disait le bon berger de mon grand-père, finissons la balade commencée !

Le sol à ras de nez doit être une expérience fascinante. Les odeurs des pisses multiples de collègues de tous sexes, de toutes tailles et de toutes tailles de sexes enveloppent de fumets tentateurs le jeune animal qui fait ses premiers pas. Dans un premier temps, le tri n'est pas facile à faire. Il y a toute une combinaison subtile entre l'importance du marquage de tel ou tel territoire, la contenance de la vessie, la hauteur accessible et la patience de l'outil. Car ce dernier se trouve obligé de marcher de manière syncopée et choisit lui aussi les lieux acceptables ou non d'expression de la pisse : murs de propriétés privées, poteaux, enseignes publicitaires, plantes… En général les deux finissent par s'accorder, mais il faut dire qu'un chien intelligent réussira à faire de son maître un parfait esclave corvéable à merci.

Pour ceux qui n'ont jamais eu de petit canidé comme camarade de balade, je veux bien donner un secret qui n'étonnera qu'eux : comme l'enfant ne marche pas en naissant, le chiot ne lève pas la patte en faisant ses premiers pas. Je m'étonnais à voir tous les chiens du quartier faire leur torsion du bassin en levant haut, très haut la papatte et que le mien fasse comme les filles. Bigre ! d'où venait-il ? quelle originalité ! Le jour où il a fait comme les copains a été marqué d'une croix pour moi et tout le quartier, la famille, les collègues ont été aussitôt mis au courant. Idem quand il s'est mis à gratter furieusement le gazon de ses pattes arrières ! L'instinct, l'inné, l'acquis, que de débats passionnants !

Dure Ecole des chiens

Comment en étais-je arrivée à savoir que mon petit chien était doué ? L'esprit ne m'a éclairé à aucun moment et c'est malheureux car nous aurions évité, lui et moi, bien des errances. Et ce sont les étranges hasards de l'existence qui ont donné corps, vie, problématiques et solutions à notre interrogation. Enfin, pour les solutions c'est une autre histoire !

Le don n'est pas visible, il est de ces potentiels de magie qui ne se révèlent qu'à la lumière du positif et de l'amour, et la source de cet amour jaillit des endroits les plus imprévus. Le potentiel est là, existant, parfois mesurable quand il s'agit des dons intellectuels, parfois moins mesurable quand il s'agit de certains dons artistiques. Et ce potentiel peut être impitoyablement broyé, détourné, dispersé, dilapidé et nié.

L'Ecole des chiens savants, cette institution obligatoire pour nos amis à 4 pattes, joue dans cette déchéance des dons un rôle qui ne saurait être nié. Entre le professeur qui pense que le *« ouah ouah »* de l'un n'a pas été précisément dit dans la bonne tonalité, que le lever de la papatte de l'autre était un peu timide, ou cet autre qui prône la moquerie comme moyen d'apprendre à demander sa laisse, je ne sais lequel je mettrais en premier aux bans de la société canine. Le don est une minuscule graine qui, arrosée avec tendresse, caressée, entourée d'amour et de musique, donne une fleur toujours nouvelle, toujours différente, une fleur de plénitude et de grandeur canine. Que cette graine soit torturée, intimidée, distraite de son avenir, et, si elle ne meurt, elle se retrouve pourrie, noire, déprimée et enfin morte de toute façon pour le monde canin.

L'Ecole des chiens savants se comporte en possesseur implacable, en détenteur de la vérité, en machine à fabriquer de l'ennui. Parfois étrangement, de cette école qui meule sans répit toute excentricité, toute différence, toute brillance, émerge un petit chien qui surnage et donne ses lettres de noblesse à cette vénérable institution. Le contradictoire étant qu'il a fallu se battre contre pour arriver et pourtant, à cet instant seulement, l'institution revendique comme sien celui qui n'a réussi qu'en allant contre elle. C'est un paradoxe des plus inouïs mais j'ai vu, de mes yeux vu, ces petits chiens luttant contre Elle et parvenant contre Elle et réussissant contre Elle à s'élever, à briller. Que ces petits chiens sont admirables et comme je les envie ! Mon petit chien à moi, tout doué qu'il soit, a été laminé, brisé et rejeté. Je ne sais s'il pourra se réparer un jour car, malheureusement, seule l'autoréparation fonctionne et je ne peux l'aider. Autant que je l'aime, que je le câline, toute l'estime de lui-même qui a été mise à mal par la cruelle institution aura bien du mal à renaître.

Il y a bien des maîtres et des maîtresses de cette institution que je déteste ! Et je m'en veux d'avoir pour ces personnes de tels sentiments car ce sont des êtres malheureux, en proie aux troubles et aux problèmes et peut-être devrais-je les aimer un peu plus. Ils se plaignent d'avoir des salaires trop bas, des chiots fous et mal éduqués comme élèves, d'être submergés par les travaux à la maison, d'être envoyés dans des quartiers où il y a plus de chiens errants que de chiens de salon. Possible ! Après tout, leur plainte doit être écoutée comme toute plainte. Mais ils ne débitent pas du beefsteak, ne dactylographient pas des textes, ne terrassent pas des routes, ils font face à du canin ! Du canin !

Je ne dois pas me laisser gagner par la colère mais tout de même les vétérinaires qui n'aiment pas leurs patients, les maîtres-chiens qui frappent leurs aides, les aveugles avares de caresses et enfin les maîtres de l'école canine qui n'aiment pas leur métier ! C'est du canin tout cela ! Ceux qui n'ont pas la vocation, dehors et plus vite que ça ! C'est la base première de leurs métiers, il n'y en a pas une autre plus importante ! Et je rajouterai l'amour. Amour et vocation. D'accord ça fait très film de bas étage, mais n'est-ce pas le bon sens qui veut ça, quelqu'un pourrait-il défendre le fait qu'il soit possible de pratiquer des métiers en rapport avec le canin sans aucun amour canin, sans aucune vocation. Qu'il se place là devant moi, debout, grand, et fier et me dise *« On peut pratiquer des métiers canins sans amour, sans vocation et garder son sens moral »*. Je pense que non seulement je l'enverrai bouler mais qu'en plus je ne saurais m'empêcher d'être affreusement cruelle. Qu'on m'évite ce genre de désagréments !

Alors que le petit chien lambda apprend tout de la vie en additionnant ses connaissances, le chiot doué, lui, a l'impérieuse nécessité, le paradoxal besoin de connaître le tout, le global avant que de collectionner les mille détails de la vie. Ces deux chiots sont si différents qu'il est bien difficile de leur trouver une quelconque ressemblance mentale. Bien sûr ils mangent les mêmes croquettes, boivent la même eau, ont le même besoin d'amour, mais ils n'ont sûrement pas la même façon d'acquérir les connaissances et souvent pas la même émotivité, la même sensibilité, la même mémoire. Même les papilles des chiens doués sont surdéveloppées, ce qui entraîne de multiples crises au moment du souper !

Je sais, je sais, je connais tous les arguments des défenseurs de l'égalité, qui aimeraient (qui n'aimerait pas cela !) que tous les canidés soient interchangeables, que le chien policier au flair développé à traquer l'illégalité puisse être remplacé par le premier chien de garde venu dont le travail principal est de garder la maisonnée, que le chien de montagne dévoué portant son petit tonneau en cravate donne sa place au lévrier fatigué de courir, que le terrier, chien de chasse et d'arrêt, tout à coup cède le terrain au petit chienchien de salon, tout juste apte à consoler sa maîtresse dépressive. Il paraît que ce serait le paradis sur terre, si chaque chien fait, chaque chien adulte pouvait remplacer son coreligionnaire. En est-on si sûr ?

Il est cinq petits chiots

Les chiens ne sont pas interchangeables, et je défie ceux qui le pensent de bien vouloir me le prouver. Je serais intéressée et même épatée par la démonstration.

Dans mon quartier, il y a cinq petits chiots doués qui sont tous nés d'un même père et d'une même mère. Ils sont adorables mais bien évidemment destructeurs comme tous les chiots et l'on se demande si, à l'âge adulte, ils arriveront à contenir leur énergie bouillonnante. Ils font tant de bruit qu'ils arrivent à réveiller tous les braves gens des environs. Quand j'entends leur maître crier : *« Aux pieds ! »,* je m'étonne que la portée n'ait pas vu naître de petite femelle, que ces chiots soient à la fois si dissemblables et si ressemblants, que leurs bons yeux canins et propres aux larmes de pitié soient si proches de leurs crocs acérés. Moi je les aime et les câline car leur espèce est si peu protégée, il n'en existe que quelques-uns sur la planète entière et je les trouve si profondément doux au toucher, si excentriques dans leurs volontés que je ne voudrais pas qu'il leur arrive malheur comme il l'a déjà été dans des temps obscurs et pas si lointains.

Le don, c'est à la fois l'enfer et le paradis, c'est la compréhension à la vitesse de la lumière, l'étonnante fulgurance de la pensée, les neurones qui s'affrontent et s'embrassent et luttent et découvrent dans un infini mouvement d'une rapidité vertigineuse. C'est la peur du néant et le monde rempli de multitudes, c'est l'interactivité et l'interconnexion, c'est la sagesse d'hier et la folie de demain. C'est cette différence qui rapproche mais éloigne à l'instant où l'on touche son prochain. C'est ce sentiment d'éternité en cascade, cet immédiat entendement du néant et de la condition canine à l'instant même où la compréhension se met en place. C'est le désir de rencontrer son alter ego et le sentiment d'infinie solitude qui jamais ne le trouvera. Peur, trouble, désir, curiosité, ennui et détresse mêlés. Fuir tout cela pour le calme océan de la mort dont les bras même castrent le désir de la retrouver. Oh non, don mille fois maudit mais qui s'accroche et s'attache et se trouve être tout à la fois soi et lui ! Oh oui, don désiré, aimé, chéri entre des pattes aux poils si doux et qui ne demande qu'à servir la Grande Cause des Canidés.

Loin de ces envolées lyriques, il est une gentille petite chienne blanche dans la rue Louis-Rolland qui pousse des petits gémissements et se livre à une danse autour de sa laisse chaque fois qu'apparaît un mâle ni trop petit ni trop grand. Elle s'approche et recule quand il vient à sa rencontre, dans un jeu d'une femellité étonnante, qui désire et rejette à la fois le mouvement sexuel qui lui fait face et front. Celle-ci a un QI plutôt bas mais quelle grâce, quelle étonnante agilité, quelle délicatesse dans le jappement et dans le gémissement. Le monde entier lui est acquis, chacun y va de sa caresse et elle pousse au désir hormonal et sensuel tout ce qui a quatre pattes et porte sexe au bas-ventre. Quelle importance qu'elle ne connaisse que cinq mots *« Harnais »* *« Promener »* *« Baballe »* *« Non »* *« Croquettes »,* qu'elle n'ait qu'une mémoire d'étourneau (expression très injuste envers cet animal particulièrement doté par la nature), qu'elle soit incapable de se souvenir une heure plus tard où se trouve son joujou préféré et qui en permanence se prend les pattes dans sa laisse. Qu'importe, telle Vénus, elle trône dans le quartier, montée sur un petit muret, fière, légère et totalement dénuée de la moindre pensée.

Mon petit chien doué, chaque fois qu'il la voit, fait comme les autres chiens du quartier, réserve mise à part qu'il a très vite compris son jeu et l'attend toujours là où elle ne l'attend pas. Lui a perçu son mouvement profond mieux qu'elle ne l'a saisi elle-même (je vous disais qu'elle ne pensait qu'avec la peau de son cerveau) et il tourne dans le sens inverse se retrouvant sans cesse en face d'elle et la laissant frustrée et énervée et poussant des petits cris furieux. C'est un spectacle si touchant, si étonnant, si amusant et au fond si totalement universel. Car derrière les hormones ne se cache-t-il pas un sentiment plus profond (quoique pour elle je pense qu'employer le terme de sentiment serait un peu excessif !).

J'ai vu dans un cirque proche quelques chiens savants, d'un bon, non d'un excellent niveau et bien plus que mon petit chien doué, ce qui m'a au début d'ailleurs causé quelque jalousie. Ils étaient là maniant les chiffres en tapant avec leurs papattes des petits cubes de couleurs pour annoncer leur choix, ils repéraient parfaitement le nom de chaque croquette liée à un dessin représentant un aliment. Par exemple le cube où était écrit *« croquette à la fraise »* était validé quand le chien tapait sur un dessin de fraise. Evidemment ça paraît simple comme cela, mais il y avait de nombreux parfums et les dessins étaient complexes. Je demandai à leur gardien quel était leur QI. Sûrement c'est d'une impudeur folle, mais il fallait que je sache ! Peut-être est-ce du même niveau que de demander la taille de son sexe à un homme rencontré dans un café, mais je dépassai ma rétraction profonde et osai poser la question.

Le gardien n'eut pas l'air du tout choqué, il était plutôt fier de son petit monde, m'annonçant un chiffre qui me laissa assez baba. Heureusement qu'il y a une limite dans les tests de QI, ça permet de ne pas être totalement écrasée par un écart abyssal ! Merci Binet !

Mais enfin, visiblement le chiffre même maximum, ne pouvait expliquer les capacités des chiens de cirque. Ils étaient au-delà, je le percevais avec acuité, dans des immensités arides et perdues, dans des lieux où l'air et la lumière canines sont si rares qu'on y respire avec difficulté. Intuitivement, tout à coup, je me reprochai ma jalousie et me sentis prise d'une tristesse poignante à l'idée de ces pauvres fantômes errant là où personne ne peut les rejoindre, dans une solitude si absolue qu'à côté le désert est un lieu de grand passage.

Et je me rendis également compte qu'ils avaient des difficultés intenses à vivre leur simple vie de chien. Choisir leurs lieux de pisse les mettaient dans des états proches de l'hystérie, leur cerveau surchauffant tant que leur corps se retrouvait absolument handicapé pour faire ce simple geste de lever la patte. Je compris dans un éclair d'intuition que les chiens géniaux ne pouvaient perpétuer leur espèce, leurs capacités mentales ayant absorbé leurs capacités corporelles, relationnelles, ayant, telle une monstrueuse pieuvre, phagocyté les espaces de pure gratuité de la bêtise, du rêve, de la méditation, de l'équilibre.

Mais ils n'étaient qu'une famille extrêmement étroite, de quelques dizaines d'individus sur cette planète, leur vie n'était qu'une succession de lueurs et de terreurs et je décidai que vraiment leur sort était encore moins enviable que celui de mon petit chien doué.

Dans les hauteurs

La jalousie est un sentiment assez étrange si on y réfléchit bien. Ma voisine de palier qui a un adorable petit bichon frisé, tout blanc et absolument câlin, affectueux, propre et d'un caractère stable, doux et gai me déteste depuis qu'elle a appris que mon petit chien était doué. C'est vrai le minimum de pudeur aurait été de le cacher. Mais quand le désespoir m'a pris à un moment que je n'ai pas encore conté, j'ai cru trouver une épaule secourable dans mon tragique malheur. Mal m'en a pris. Je me suis mise la voisine à dos et elle ne cesse maintenant de papoter par derrière, de lancer son fiel et sa haine contre mon petit chien à moi.

Le sien pourtant ne souffre d'aucun toc étrange, d'aucune phobie et se comporte socialement parfaitement bien. La compagnie canine l'apprécie, il ne souffre ni de morsures ni d'aboiements en tous genres et je dois dire qu'il est plutôt sympathique. Plus même ! à l'Ecole des chiens savants, il est sorti diplômé, sans avoir connu ni tourment, ni ennui. Visiblement, cela ne satisfait pas sa maîtresse qui aurait sans doute préféré qu'il soit un peu plus doué et un peu moins intégré. Ou même peut-être aurait-elle préféré qu'il soit carrément malheureux, mais qu'elle puisse se vanter aux quatre vents de l'exceptionnelle rareté d'intelligence de ce petit bichon.

Les maîtres de chiens sont fous, furieusement, et même carrément à enfermer quand il leur prend de ne plus accepter leurs petits chiens tels qu'ils sont et non tels qu'ils les désireraient !

Le jour où j'ai vu mon chien conceptualiser pour la première fois a été très surprenant. Je lui avais mis sa laisse et tout à coup il la prend à un certain endroit et balance ainsi la poignée puis il la fait tourner autour de lui et tourne avec elle. Il décrit ainsi un cercle parfait et s'amuse visiblement beaucoup. Mais le plus étonnant est qu'il recommence chaque fois qu'on lui met sa laisse. Il fait le lien, il invente, il crée le jeu et le reproduit.

Il m'a échappé que vous ne saviez rien du moment où j'ai adopté mon petit chien, cet instant magique où tout bascule dans l'existence.

Tout petit, bébé chiot arraché à sa mère bien tôt, sevré avant l'heure, il avait quelques talents ! C'était l'aîné d'une fratrie de quatre et sans aucun doute le plus éveillé de tous. Mais aussi le plus inquiet. Son regard intense frappait tous ceux qui le regardaient. Il dormait peu et tout à la fois s'émerveillait et s'angoissait de son environnement. Bientôt il commença à montrer des signes de timidité évidents. Quand un humain s'approchait de lui, il était l'objet (ou le sujet !) d'une rétractation immédiate. On commença à lui parler puis à le gronder, à lui dire *« Viens »* d'une voix d'abord câline, puis pressante et enfin menaçante. Peut-être les menaces venaient-elles trop vite pour son petit cœur de jeune chien sensible.

Rien n'y faisait ! Il était de plus en plus inquiet visiblement. Ses frères de portée eux-mêmes s'amusaient entre eux en l'excluant des jeux les plus simples. Peu à peu, il se mit en rond dans un coin de la cage, tentant de retrouver une chaleur corporelle à défaut d'une chaleur canine. Les gardiens s'énervaient de voir ce magnifique exemplaire de la portée se mettre lui-même à l'écart du monde et donc risquer de ne pas trouver sa place dans la société et menacer ainsi la rentabilité des transactions à venir. Ils en venaient à l'accuser de le faire exprès, de faire du cinéma, de faire le malin et la forte tête.

Alors que les autres petits chiens commençaient à se traîner sur le sol, il ne bougeait pas de sa place, tel un petit être handicapé. Et puis d'un jour à l'autre, alors que rien ne le laissait prévoir, il se mit à marcher. Son observation du monde lui donnait les clés, il lui suffit de les appliquer. Il fut le premier à faire ses premiers pas, engendrant par là-même une joie excessive et bruyante de ses gardiens, étonnés de cette précocité là où ils ne voyaient que retard et perturbation. Quelques jours plus tard, ils avaient oublié ce qui pourtant avait été un signe de la plus grande importance.

Peu à peu pourtant, il dépérissait. Cage trop étroite, promiscuité imposée, regards persistants des gardiens sur lui, odeurs trop fortes, nourriture trop complexe. Qui le saura ? En tout cas, le jour où je passai par-là (hasard ou prescience) et que je regardai les cages avec autant de dégoût que de distraction, je vis dans un petit coin, au milieu de compères bondissant, jappant, et remuant de la queue, un tout petit chiot, amaigri, les yeux fermés, paraissant malade et terriblement seul.

Je sus qu'il allait mourir. Et je ne sais pas pourquoi cette idée me fut totalement insupportable. Je demandai alors qu'on m'ouvrit la cage et qu'on me le donna dans les mains. Il tenait au creux de ma paume, il était minuscule, un grain de sable, un germe de vie perdu dans l'univers, une infime trace de devenir palpitant contre ma peau. Ses yeux étaient toujours fermés, il n'avait même pas tressailli et un instant j'ai cru que la vie le quittait définitivement. La douceur de ses poils était telle que je me crus transportée dans un paradis perdu. Il était léger, si léger ! A cet instant, je me pris d'amitié, d'amour et de passion dévorante pour lui. Il n'existait rien au monde d'autre que cette petite boule de poils, seule, désespérée et si douce à mon cœur.

Je l'achetai alors le prix fort puisqu'il était insupportable à ses gardiens de voir le plus faible de la cage partir en premier. Ils ne cessaient de me faire la morale sur le fait que j'aurais dû en choisir un plus fort et plus résistant, un qui ne pose aucun problème. Pourtant il me semblait que c'était de leur intérêt de se débarrasser du plus difficile à placer. Mais bizarrement leur esprit était totalement illogique et je me suis demandée un instant s'ils ne désiraient pas qu'il meure, mettant ainsi au rencart un problème encombrant.

De toute façon, je ne m'attardai pas dans ce lieu impossible à comprendre et me dépêchai de rapporter, serré sur mon cœur, ce petit chiot que j'appelai Max, en souvenir du chien bionique qui avait animé quelques heures de mon enfance. Ce nom aurait pu ne pas lui convenir, mais vous verrez plus tard que je ne m'étais pas trompée en le choisissant.

Comment allais-je l'apprivoiser, comment allais-je lui redonner le goût de vivre ? Ces pensées m'angoissaient tandis que je le caressais, espérant par ce simple geste l'empêcher de disparaître. Car on sentait profondément qu'il en était là, à ce désir fort de n'être plus rien, de ne plus causer de problèmes au monde, aux autres et à lui-même. Et là derrière se lisait aussi le fait qu'il ne se sentait rien, qu'il n'était rien à ses propres yeux. Pourquoi aurait-il dû hésiter à ne devenir physiquement plus rien, à passer d'un état corporel au néant ?

Je décidai alors de lutter pied à pied, corps à corps, cœur à cœur pour le sauver de lui-même et de son désespoir.

23

A la recherche du bonheur

Vous savez tout de ce qui a décidé de mon choix et de mon amour, vous ne savez encore rien de ce qu'a été le long calvaire qui nous a fusionnés, nous a séparés, puis de nouveau réunis, nous a amenés où nous en sommes aujourd'hui. Mais au départ, il y a eu un sentiment de proximité, un passage, un pont entre deux planètes, une intimité de pensée et d'esprit, tout à fait inconscients puisque lui-même n'était conscient de rien et moi-même à peu près inconsciente de mes propres motivations.

Maintenant que j'ai raconté mes tribulations à la recherche d'une vérité qui n'en est pas une tout en en possédant quelques parcelles, à la rencontre des yakas et des psychiens, il faut que je raconte mes aventures sur la toile, ou devrais-je dire au centre de la toile telle une mouche piégée par de monstrueuses araignées velues et gluantes.

Quand je me connectai sur mon ordinateur, j'étais loin de penser dans ma naïveté primitive que j'allais rencontrer là les pires prédateurs. Car tout en surveillant les proies qu'ils harcèlent ensuite sans pitié, ils le font installés dans leurs bureaux, cachés de tous, sans comptes à rendre et avec une majesté digne de la pire des hyènes.

Les premiers que je rencontrai, après avoir montré une sympathie particulière pour le problème de mon petit chien doué et pour mes plaintes qui je n'en doute pas leur ont paru pénibles et répétitives, se sont mis à devenir beaucoup moins sympathiques (le net favorise cela que la courtoisie n'y est rapidement plus de mise), puis franchement menaçants.

Après m'être entendu dire que j'étais une maîtresse si ce n'est indigne du moins irresponsable, qui refusait d'assommer son petit chien d'antidépresseurs, de l'obliger à aller voir de multiples psychiens, de le faire partir à l'autre bout de la Terre pour le défusionner de sa maîtresse (qui visiblement était l'alpha et l'oméga de tous ses maux), je m'en allai sans tambour ni trompette. Et si j'avais eu une queue, elle aurait sans doute été entre mes jambes.

Mais là je tombai de Charybde en Scylla en cliquant sur le forum « Intelligence ». C'est un monde si étrange qu'après plusieurs jours de cette compagnie, j'étais dans un état de surchauffe mentale, d'inconfort et de détresse tel que je ne savais où donner de la tête et la peau de mon cerveau avait singulièrement rétréci.

C'est une jungle où se côtoient des prédateurs féroces avec des sexes énormes bardés de médailles ou de pauvres petits mâles dominés en rut, des perdrix caquetantes et certaines que les 10 ha de leur territoire sont la Terre toute entière, des colibris voletant d'avant en arrière tout à leurs efforts de se faire repérer des prédateurs. On y trouve aussi quelques chiens de prairie, aimant le groupe et le partageant aisément, oscillant entre amour et détestation de cette communauté.

Enfin, perdus ou clairvoyants de grands albatros survolent parfois ce lieu, les petits étant souvent les plus magnifiques. J'ai eu avec un de ces grands oiseaux au vol magnifique les plus belles réponses de ma vie et m'accoutumai peut-être à la société humaine par leur intermédiaire, mais je dois dire que je les crois assez uniques. Je m'habituai bien sûr aux manières, y participai même, quoi que je doive dire que je n'y ai laissé aucun souvenir impérissable, ma vision de l'amour canin étant quelque peu archaïque et mon entendement du monde plutôt « banal ». Pour ne pas être injuste, je dois dire que j'y ai passé quelques moments de révolte, de gentille convivialité et de partage intense mais, pour l'aide à mon petit chien doué, ce n'était sûrement pas le lieu.

Las, je revenais donc à mon point de départ. Après l'institution canine abrutissante, les psychiens qui cherchaient des puces à mon petit toutou préféré, la jungle du net qui ne donnait qu'une réponse proche du néant, qu'y avait-il pour me conseiller, m'aider, me consoler peut-être ? Autant le dire tout net, rien !

Et mon fidèle compagnon, aussi aimant de mon petit toutou que moi, me fut là d'un grand réconfort. Sans lui, je crois que j'aurais désespéré de tout, car à quelque endroit où je posais mes pieds j'avais l'impression affreuse de devenir totalement incompétente et à la limite de la bêtise. Dans les contacts avec les autres, ma révolte et mon amertume, que je tentais tant bien que mal de cacher, prenaient le pas et me donnaient un visage et des mots qui sûrement incitaient à me rejeter.

Mon petit Maxou avait de plus en plus de soucis. Non seulement il ne pouvait plus marcher dans la rue sans avoir peur de croiser un autre chien, mais il avait développé un certain nombre de tocs : peur des grilles en fer, des bruits de voiture, des mains sur ses poils. Ça devenait tout à fait et vraiment insupportable de le voir si malheureux, refusant souvent de sortir et craintif dès que dehors.

Il était de plus en plus difficile, se nourrissant exclusivement de brioches et de quignons de pain, ce qui n'est pas vraiment un régime adapté pour les chiens. Il va sans dire qu'il refusait de mettre ne serait-ce qu'une patte à l'Ecole des chiens et nous nous faisions beaucoup de souci pour son avenir de chien pensant, excessivement surdoué et pourtant incapable d'obtenir le moindre diplôme et notamment par le diplôme du Toutou-sachant-penser-sans-s'arrêter et le diplôme du Chien-connaissant-la-géographie-du-quartier.

Autour de nous, les commentaires fusaient à chaque rencontre. Familles, amis, ils nous accablaient de conseils et de cris horrifiés. Il faut dire que sans notre amour et notre soutien mutuels, nous aurions été en un bien piètre état. Mais nous savions profondément, parce que nous-mêmes totalement excentriques et inadaptés à la société humaine que notre petit chien n'avait rien d'anormal mais ne trouvait tout simplement pas sa place parmi ses congénères et dans la société canine qui par certains côtés est bien cruelle pour les êtres sensibles, dénués d'égoïsme, fiers et solitaires.

Un jour où je revenais à la maison après une balade bien difficile avec mon petit Maxou qui bloquait maintenant des quatre pattes au moindre son inhabituel, tentait de s'enfuir devant tout nouvel obstacle dans la rue (poubelle renversée, sac en plastique volant au vent...) et gémissait parfois d'une façon plaintive, monocorde et qui me brisait le cœur, une surprise de taille m'attendait. Maxou était très excité devant la porte, il aboyait et gémissait. Un instant je me demandais si des étrangers n'étaient pas entrés dans son territoire ou si mon compagnon n'avait pas eu un malaise.

Pas très tranquille, mais courageuse quand même, j'entrais et mon petit chien se précipita vers mon ami avec une excitation incroyable et démesurée qui n'avait rien de commun avec son comportement habituel. Il sautait et jappait et tentait d'attraper quelque chose qui se trouvait dans les mains de mon ami. Ce dernier approcha alors un tout petit bébé chiot, absolument ravissant, aux yeux grand ouverts sur le monde. Un petit chiot noir avec des petites taches au bout des pattes et sur le bout de la queue.

La réaction de Maxou fut d'une tendresse totale. Il le renifla d'abord avec méfiance, puis commença à le lécher. Bientôt ils se léchaient mutuellement les langues, se mordaient les oreilles, puis ils se mirent à courir et jouer ensemble, se faisant tomber, aboyant de contentement, ayant oublié le reste du monde. Je n'avais pas vu Maxou aussi heureux depuis très longtemps et quand je me tournai vers mon ami je vis qu'il souriait.

Voyant que mon petit Maxou était tout de même capable de tisser quelques liens, je commençai à reprendre langue, hihi le terme est bien choisi, avec l'école du quartier.

Normalisation et amputation

L'Ecole des chiens, dont tout un chacun sait que je ne la porte ni au cœur ni à l'esprit ni même au corps, se trouve être une entreprise de normalisation presque hors normes dans sa démesure pathologique. Je m'explique au risque de passer pour une extrémiste, ce que je me refuse totalement à être non par paresse mais par réflexion.

Ces normalisations de nos petits toutous paraissent a priori bien légères mais ne sont-elles pas invalidantes ? C'est une bonne question non de se la poser ? Tout d'abord suivant les races, car dans l'Ecole des chiens il y a des races, un certain nombre de prescriptions sont avancées. Pour la race de mon Maxou, primo on coupe la queue, deuxio les oreilles doivent être droites, tertio le poil ne doit pas être coupé car il frisotte ensuite et quarto un certain nombre de vaccinations doit être pratiqué. Il est bienvenu que le chiot soit propre à l'entrée, ne défèque pas sur les nonosses de ses camarades, et ne fasse pipi que sur l'arbre réglementaire. Il doit pour faire bonne mesure avoir coupé le cordon avec sa maîtresse et être un bon camarade. Le mieux étant l'ennemi du bien, il ne doit cependant pas vivre des rapports exclusifs mal venus à l'école des chiens ni connaître à l'avance les termes canins qui doivent lui être enseignés. *« Ni trop ni trop peu »,* voici la devise de cette institution.

Bien sûr le vétérinaire de service m'assure que la queue est un ornement absolument inutile qui peut même faire du mal au chien qui la remuerait trop. Et, bien entendu, le chiot n'aura aucune séquelle, ne souffrira pas et aura la sensation de faire partie du groupe, ce qui est visiblement l'objectif primordial de ce que j'appelle une amputation mais que le vétérinaire nomme, lui, une remise à niveau. Car il faut bien comprendre qu'on laisse tout de même au chiot un ridicule bout de queue au cas où il adviendrait qu'on puisse douter qu'il en ait eu une un jour. Là aussi, point trop n'en faut !

Ainsi, tout à sa mesure extrême, que certains qualifieraient de médiocrité mais que je me contente de dire idolâtrie de la moyenne, l'Ecole des chiens a-t-elle quelque douleur à intégrer les divers parias de la société canine : les chiots non coupés sont les premiers montrés du doigt mais ceux dont les oreilles non nourries au pur calcium retombent sans grâce (paraît-il) ne sont pas mieux lotis. Ce sont de graves handicaps et même si tous les maîtres de France et de Navarre paient pour permettre à l'école d'exister, il est vrai que ceux dont les chiots ont quelque tare de naissance ou de comportement peuvent se faire de souci car, contribuables ou non, leurs chiots ne seront pas repêchés (s'ils ne sont pas noyés, sac, ficelle et compagnie).

Le poil également est d'une importance flagrante. Bien lustré, brillant et brossé à toute heure, il provoquera dans cette école des sourires de contentement et des mots aimables. Qu'il soit simplement embrouillé, trop long, un peu sali ou carrément mal peigné, et là les visages non seulement se refermeront mais les réflexions fuseront avant que des mesures plus extrêmes soient employées.

Certains pensent ici que j'exagère ? C'est qu'ils n'ont vécu que dans cette douce norme, ce doux pays où organisation, régularité, principes, moyenne, morale riment avec société, famille, diplôme, argent, travail. C'est que leurs petits toutous sont des « sans problèmes » ou presque, c'est qu'ils n'ont pas connu les particularités des divers handicaps, les duretés des phobies et des tocs, les violences du désespoir et de la timidité, les malveillances vécues par des familles non inscrites dans un système qui les broient, les rejets liés au manque d'insertion, les éjections dues au trop… trop d'intelligence, trop d'excentricité, trop d'énergie animale, trop de pas-assez-comme-il-faut.

Certains pensent que j'exagère encore ? Sûrement, ils sont à des années-lumière, dans ce monde confortable qui ne s'interroge et ne partage, loin de l'altruisme qui cherche en l'autre seulement ce qu'il peut donner et seulement ce qu'il a. Contrairement à ce qu'ils peuvent penser (ceux que la normalité attire et fascine), je ne suis ni amère ni jalouse. Bon sang non ! Qui voudrait de cette vie à quatre sous rythmée par un métronome : 3 sorties de toutou par jour, à heure fixe, repas croquettes 2 fois par jour, savoir faire le beau, jouer à la baballe une fois par semaine dans le square du quartier ! On m'en donnerait que je n'en voudrais pas !

Mais se contente-t-on de vouloir me la donner ! Las, on me l'impose, on me la fiche sous le nez, on me l'écrase sur le bide, on me la fourre dans tous les orifices, on fait de moi un paria, un inutile dès lors que je la refuse. Marche ou crève ! Pas d'autres choix ! Et surtout plus que moi qui suis déjà sur la pente descendante de ma vie, c'est mon petit toutou qu'on torture, et tatoue, et à qui l'on fourre avec une énorme seringue une puce électronique sous la peau du dos ! Quel choix a-t-il ? Aucun, je dois le dire. Esclave parmi les esclaves du règne canin, au bout de sa laisse obligatoire aux yeux de la loi, on lui fait croire que s'il se conduit bien, s'il travaille bien, s'il pisse au bon endroit, tout lui sourira. N'aurais-je pas dû l'euthanasier pour éviter cette trop grande souffrance ? Je m'interroge.

Pédagogie, ce mot si pédant, qui danse la gigue au bout de sa ficelle de réflexions diverses et variées, qui sautille sur lui-même avec bonheur en cherchant quelles complications il va pouvoir créer, quels concepts il va pouvoir pondre. Pédagogie, cette trituration des méninges qui se cherchent et ne se trouvent pas et qui sans cesse tourne en rond sans trouver l'issue, que d'étonnantes surchauffes mentales tu procures à tes concepteurs et que de douloureuses heures d'incompréhension tu abats sur nos toutous enfermés et tenus serrés dans des cages de verre.

Si vous jetez un œil sur une classe de l'Ecole des chiens, et un œil suffit car le fonctionnement est immuable et sera le même demain qu'il n'est aujourd'hui et qu'il n'a été hier, ils sont là et ils écoutent et ils écoutent et ils écoutent encore. Tous leurs poils sont hérissés du désir de courir au grand air, leur truffe sent la bonne odeur et frémit de plaisir anticipé et chaque fois repoussé, leurs muscles se raidissent sous la volonté de ne pas bouger, leurs gorges sont serrées des ouah ouah sans fin retenus. Quand leur désir animal, mâle et femelle, leurs hormones, la poussée profonde de leur adrénaline, l'expression d'un corps plein de fougue et de vie, passent à l'acte, quand l'un bouge, quand l'autre aboie ou le troisième gémit, le voilà puni impitoyablement, extrait de sa place et mis à l'écart, obligé de se voir rajouter des heures de cette torture qui fait statue et pierre !

Il me prend alors à rêver de ces temps d'antan, de ces hordes sauvages, de ces jeunes loups en liberté, courant sans entraves, se mordant de leurs crocs aiguisés, se battant pour leur survie, mais libres, libres de bouger, de courir, d'aimer la femelle ou le mâle, de s'ébattre au sein de lieux ouverts, violents et dangereux mais qui ne les transformaient pas en petits chiens de compagnie, jouant à être des images sous les yeux de leurs maîtres.

Avoir fait le tour de la question et m'être replongée dans la problématique de l'Ecole des chiens m'a fichu une migraine intense et une envie de me flinguer.

Que faire ? comme dirait l'autre. Je pense que plutôt que de risquer que mon petit toutou soit éjecté manu militari, je vais d'abord tenter pour lui une thérapie chez le psychien.

Au bonheur des psychiens

Nous voilà donc lui et moi chez le psychien. Il est lui comme d'habitude, angoissé bien sûr, peu sûr de lui, mais attiré toujours par la rue et ses odeurs, avec encore ces mêmes peurs (sont-elles irrationnelles je ne sais pas). C'est un long chemin pour y aller car bien sûr les psychiens renommés et reconnus sont souvent à l'autre bout du monde et c'est toujours entre quête et pèlerinage qu'on s'y rend. Le nom murmuré, inscrit sur le carnet, connoté déjà de positif et d'extraordinaire, pousse malgré tout à la démarche, même si elle semble ardue. Je suis pleine d'un espoir, comme me rendant chez la pythie, gonflée à bloc d'énergie positive. Ne m'a-t-on pas dit qu'il était extraordinaire, qu'il faisait des miracles et que rien ne pouvait être ignoré de lui ! Tout me sourit, tout nous sourit, la rue pleine de lumière, les arbres accueillants surtout dans leur partie basse, les autres petits canins rencontrés en chemin et qui, ce jour-là justement, paraissent amicaux. Poil brillant et lustré, petite gueule ravissante, truffe humide, mon toutou s'avance dans cette aube nouvelle avec dynamisme et énergie. La vie est belle ! On dirait presque que c'est la naissance d'un nouveau monde, juste avant que tout s'équilibre et se régénère.

Arrivé à l'immeuble de notre grand psychien reconnu par l'Académie et renommé du bouche à oreille, je sonne pendant que Maxou arrose le mur d'un jet programmé et écourté par ma voix furieuse. Il me regarde avec ces bons yeux de chien effrayé et soumis que connaissent bien les maîtres des chiens. Nous montons vers cette rencontre du quatrième type, moi tendue, lui inconscient, mais tous deux dans un même mouvement.

La porte s'ouvre, Il est là. Est-il magnifique et imposant ? Non, simplement dans son costume gris, l'air aussi banal que n'importe lequel des travailleurs rencontrés en chemin. Déjà je m'étonne de ne pas voir autour de lui l'aura brillante et rayonnante mais qu'importe, au diable les aprioris. On m'a dit et répété qu'il était extraordinaire alors il doit l'être, n'est-ce pas ? Mon toutou lui n'accroche pas vraiment, il gronde un peu, tente de mordre la main qui se tend pour le toucher, se met sur sa réserve et sa défensive. Je suis gênée, on est toujours gêné quand les choses ne se passent pas exactement comme on les avait imaginées.

Je m'attendais à cette forme de coup de foudre qui tout à coup enlace deux mondes et les fait frères de sang. Mes hypothèses s'écroulent et je tente de calmer mon toutou tout en m'excusant platement, affreusement gênée non de la réaction de mon chien mais du fait que l'autre n'ait pas été à la hauteur de l'espérance. En plus, c'est à moi de faire les frais des excuses alors qu'il me semble profondément que le psychien est inexcusable d'être incapable de rentrer en relation correctement (c'est son boulot non). Enfin mon côté mondain tente d'arranger les choses en prenant sur lui les problèmes dont je ne suis en rien à l'origine et tentant de déculpabiliser à l'avance le psychien qui se révèle ainsi peu compétent dans la prise de contact.

Quelle fatigue ! Je n'en peux déjà plus et mon cerveau ayant analysé les données en quelques fractions de secondes, ma déception est égale à ce qu'étaient mes attentes.

Le psychien prend un ton léger, excusant mon toutou, de cet air de *« c'est normal, il fait sa crise, ça va lui passer »* et tente à nouveau de le caresser dans le sens du poil. Ça ne passe pas ! Plus il le caresse et plus Maxou se rebiffe, attendant visiblement que l'autre l'oublie. Que faire ?

Alors notre savant (ou sachant) commence à parler, dit qu'il me verra d'abord 15 minutes puis verra Maxou 15 minutes, puis nous deux à la fois. Bien sûr, je laisse Maxou dans la salle d'attente espérant simplement qu'il n'y fasse pas de grosses bêtises et surtout anxieuse que quelqu'un ne me le vole. Les voleurs de chiens sont si nombreux aujourd'hui que cette pensée hante tous les maîtres des chiens mais bien sûr il ne faut rien en dire au risque de paraître une maîtresse fusionnelle et totalement malade mentale. On fait semblant de rien, laissant nos chiens seuls, nous pliant aux diktats de cette société qui tout en ne les protégeant pas nous demande de ne pas le faire au nom d'une morale de la défusion et de la liberté. Comment faire pour échapper à ce poids moraliste ? C'est une question que je me pose souvent.

Passons sur les digressions, je laisse donc mon chien en compagnie de joujoux et de nonosses et rentre dans l'antre de Dieu le Père lui-même en majesté. Il s'exprime de toute sa haute et sympathique néanmoins croyance en ses pouvoirs particuliers. Je commence à lui expliquer la situation, le refus de l'Ecole des chiens, les peurs et tocs, les difficultés à une alimentation quelque peu adaptée, et à la fois l'énergie profonde, la détresse, la gentillesse, l'immense intelligence et la difficulté de vivre de mon petit chien.

Il m'écoute et déjà, à quelques phrases, quelques questions, j'ai saisi le fonctionnement de son cervelet en mouvement. Et pour tout dire je n'en suis pas rassurée. Il semble intéressé et prend des notes (sa mémoire doit être défaillante me dis-je en mon fort intérieur, ça non plus ce n'est pas rassurant sur ses capacités, mais passons), il gribouille sans cesse tentant de noter le moindre mot.

C'est presque hallucinant de le voir ainsi, dans cette sorte de tension scribouillarde et je m'attends à tout instant à ce qu'il lève le doigt et me dise *« Veuillez répéter votre phrase, je n'ai pas réussi à la noter »*.

Pourquoi les psychiens ne prennent-ils pas en sténo ? Ce serait quand même moins pénible pour l'interlocuteur qui tout à coup se sent souffrant de cette énergie crispée qui se dégage dans une odeur de transpiration de l'effort et de stress musculeux.

Je tente de renouer avec une vision plus positive, refusant de m'arrêter à ces ressentis, ces impressions, ces définitions trop rapides peut-être. Mais à la fois je ne peux m'empêcher de faire confiance à mon cerveau qui jusqu'ici ne m'a jamais trompé dans sa rapide et efficace analyse des événements en cours.

Ouf, c'est terminé, il a fini de décortiquer chacun de mes mots, de me scruter de ces regards perçants et qui disent sûrement quelque chose de profond mais que je ne saisis pas, il a reposé son crayon et ses papiers me faisant pousser un soupir de soulagement intérieur et me laissant tout à coup dans un état proche du laisser-aller et de l'abandon. Détente après cet effort qui a ressemblé à un terrible marathon. 15 minutes pour donner des informations sur ce qui est toute une vie, ce n'est pas grand-chose et l'on craint d'en dire trop ou trop peu, de passer sur l'essentiel ou, par trop de synthétisme, de nier la sensibilité et les sentiments profonds.

N'étant pas de ceux qui éprouvent un plaisir particulier à s'entendre parler, tout ceci a été une véritable corvée pour moi, à laquelle je me suis pliée pourtant pour le futur que j'espère plus radieux de mon toutou préféré. Enfin moi j'ai fini et je plains mon petit chien de devoir subir le même calvaire, fonce dans la salle d'attente où nonosses et joujoux me retrouvent dans un désordre affreux. Je prends une revue de psychologie, ce qui n'a rien d'étonnant en ce lieu, et mon esprit commence à vagabonder sur des lieux communs et quelques idées intéressantes de-ci de-là.

Mon petit chien est parti rejoindre le psychien après avoir tourné vers moi des yeux qui me condamnent de cet abandon. Je ne veux pas voir ces yeux, je ne veux pas entendre ces petits gémissements de détresse, je veux lui faire du bien, envers et contre tout. Je me ferme à son appel, je me ferme au monde, je ferme les yeux et mon cœur et j'oublie.

De ce qui s'est fait ou dit pendant ces quinze minutes dans l'antre de notre docteur, je n'en saurai que peu de choses, que ce qu'il voudra bien m'en dire *« il a refusé de communiquer »*. Et je sais déjà que le miracle annoncé n'aura pas lieu. Cela s'enfonce en moi comme une flèche douloureuse et la fatigue de cette visite me prend avant même qu'elle ne soit terminée. Monsieur Psychien nous réunit donc dans son bureau et commence une analyse assez générale tout en essayant de nous mettre à l'aise ce qui est tout à son honneur car vraiment rien n'y prédispose. Il analyse et, tout à coup, avec surprise, je me rends compte qu'il juge. Est-ce que j'ai bien entendu, est-ce que je ne suis pas encore le jouet d'aprioris ? Non, je dois, à ma surprise intense, reconnaître que je ne me trompe pas.

Je l'entends me dire des choses abominables comme si c'était une pure conversation de salon *« Vous êtes fusionnelle avec votre chien. La laisse est trop courte. Vous le protégez et il vous protège et votre famille est un huis clos qui le fait périr »*. Au secours ! Ai-je bien compris sa pensée ? Je tente de nous défendre, de lui dire que mon petit chien est doué, hypersensible, particulièrement conscient de la mort et qu'il a des phobies à la hauteur de cette peur existentielle.

Las, il continue sur un autre registre *« Je dois vous dire Madame, que vous avez été irresponsable de retirer votre chien de l'Ecole des chiens alors qu'il n'a pas l'âge légal pour en sortir. Que dit l'école ? Que disent les psychiens de l'école ? N'avez-vous pas de problèmes légaux ? »*. Là, je commence à paniquer, ne va-t-il pas envoyer chez moi police des mœurs et inspection de l'Ecole des chiens ?

Je tente d'argumenter, mon petit chien se renferme de plus en plus, il met sa truffe entre les pattes et ne produit plus ni mouvement ni son, il semble tétanisé alors je décide de me taire. Je suis encore plus mal pour lui que pour moi et je ne sais plus comment sortir de cette situation absurde sans lui faire encore plus de mal après tout cet espoir projeté.

Gardant le ton qui convient, léger, mondain, intéressé *« bien sûr, oui je comprends »*, compassé et un peu coincé, donnant au psychien le sentiment que je suis coupable car je ne tiens surtout pas à le culpabiliser de son ignorance (pourquoi protéger les inconnus qui nous blessent et nous emmerdent, je vous le demande), je sors mon portefeuille, paie la somme relativement astronomique demandée (mais si ça c'était bien passé, je l'aurai trouvée somme toute modeste), et prends à vive allure la direction de la sortie après avoir dit que *« oui, oui, bien sûr nous nous reverrons, il faut que je consulte mon agenda que j'ai oublié »*.

Je sais déjà que je ne remettrai plus ni mes pieds ni les pattes de mon chien dans cet endroit où la compréhension réelle, profonde et canine est absente. Ou peut-être n'est-ce pas vraiment cela : disons la compréhension tout court, celle qui prend l'autre tel qu'il est, où il est, qui ne le juge ni ne lui fait la morale. Oh et puis je ne sais pas, je ne sais plus, je n'arrive plus à aligner deux idées de suite, je suis si perturbée que mon toutou me saute sur les jambes, tentant de se faire donner un câlin, dans des élans d'hyperactivité et de tendresse qui me touchent et me laissent encore plus triste. Encore foiré, un plan foireux, et qui nous laissent encore plus faibles et incompétents qu'auparavant.

Merci Hippocrate !

A un moment donné il me vint l'idée que la phrase la plus importante du serment d'Hippocrate *« ne pas nuire »* n'est pas vraiment suivie et sûrement si je ne veux pas nuire plus encore à mon petit chien, il va falloir que je cesse de chercher des solutions qui visiblement peuvent lui nuire plus que mon inactivité. C'est là un dilemme terrible pour les maîtres des chiens qui ont quelques problèmes avec l'existence. Pris dans ce balancier permanent entre agir et ne pas agir par peur d'un mal agir, l'existence devient très compliquée. Si l'on ne fait rien on s'en culpabilise et si l'on fait mais que cela échoue on s'enferre davantage dans la merde jusqu'au cou. Si l'on ne fait rien, le monde entier nous tombe dessus, mais personne n'est là pour ramasser les pots cassés quand ce qui a été fait se trouve infructueux et bien plus aggravant que le fait de n'avoir rien fait.

Mais comme toute maîtresse, je continuai à m'acharner dans une recherche de solutions extérieures à la famille, ayant quelque mal à abandonner l'espoir qu'il y n'ait de vrais spécialistes quelque part dans le monde.

Ma course frénétique énerva mon ami qui me demanda de modérer mes ardeurs et de tenter de retrouver un peu de raison. Lui (est-ce le rôle de maître dominant qui le rend, par ses hormones, plus proche de mon toutou), pense que le cadre restreint et cocoon de la famille est mieux à même de résoudre les problèmes et dit que les maîtres eux-mêmes sont plus aptes à comprendre, entendre les souffrances, imaginer et trouver que n'importe quel individu non rattaché à cette famille.

Je crois que je ne lui fais pas réellement confiance, ayant sûrement intégré profondément ce que les psychiens eux-mêmes (et pour leur sauvegarde) ont propagé dans la société toute entière depuis une centaine d'années : les conflits et problèmes ne peuvent se résoudre avec les canins proches qui sont trop impliqués. Cette idée qui pour être nouvelle n'en est pas moins prégnante bloque toute possibilité à une véritable réflexion puisqu'elle est posée en axiome et théorème. C'est la quadrature du cercle et quand on tente de s'en sortir on se mord la queue.

Je renouvelai donc deux fois l'expérience, une fois avec une psychienne qui, pour être adorablement sympathique, n'en bloqua pas moins tout à fait mon toutou en lui caressant ses petites testicules à la première visite, la deuxième avec un spécialiste de programmation nonosse-languistique qui, lui, voulut transformer mon petit chien de dominé en dominant, ce qui bien sûr allait tout à fait à l'encontre de sa nature profonde.

Mais je ne pus continuer à faire jouer à Max les cobayes car il s'y refusa totalement, montrant les crocs à chaque nouvelle expérience avec une virulence qui me fit comprendre que cette voie-là était définitivement fermée. Ce qui fit dire à mon ami qu'heureusement notre toutou avait réussi à se protéger de toutes ces invasions psychiques et physiques (ce qui d'après lui montrait au moins son sens critique et sa santé mentale) et qu'enfin on allait pouvoir passer aux choses sérieuses. Mais je dois dire que c'est avec une grande nostalgie que j'abandonnai ces pistes qui me semblaient prometteuses malgré les échecs répétés.

Nous en sommes rendus là, à ce point zéro, à cette intersection des mille fils du destin qui ne se déterminent qu'à la volonté de celui qui le vit et qui n'en vivra qu'un.

Après la pluie, la bienveillance

Tout a été abandonné, il y a comme une friche qui s'installe, comme un laisser-aller. Après tant d'efforts à la normalisation, tant de volonté à l'intégration, il y a comme le désir de laisser la nature s'installer et reprendre ses droits, comme un fatalisme de ne plus diriger et de laisser les destinées s'entrecroiser selon leurs profondes tensions internes.

Mais ce laisser-aller ne vient pas de rien, il est la volonté profonde, intégrale et vitale de mon petit chien qui jamais ne se laisse mener par le bout de sa truffe et qui au fond se réalise et refuse d'avancer quand cela ne lui convient pas vraiment. Nous n'y pouvons rien, nous ne pouvons obliger un chiot à suivre le chemin que nous voulons dégagé et sans souci s'il veut un chemin accidenté et plein d'embûches.

Qui sait ? Personne sans doute. Qui peut dire ce qui est bon ou mauvais ?

Mon petit chiot s'échappe et joue et rêve et là où il est je ne peux le rejoindre, c'est sa vie, sa profonde vie personnelle et, si hors normes soit-elle, si étrange paraît-elle, si étonnante et si perdue et si improductive, il n'y a rien qui ne puisse être fait. D'autant qu'il ne fait de mal à personne en étant lui-même.

Et ce qui a été fait l'a-t-il été en bien ou en mal ? Nul ne le saura, car il est une seule voie que l'on peut expérimenter et les autres n'existent pas, n'existeront jamais. Se pencher sur les si des chemins potentiels, c'est sombrer corps et âme dans des tourbillons puissants et qui vous assomment avant de vous noyer.

Une seule vie, à vivre dans la plénitude de cette vie-là, sans se retourner, sans analyser, sans se perdre en conjectures, qui ne sont que des essais statistiques maladroits.

La condition canine est celle-ci, celle du choix de l'instant renouvelé, celle de l'oubli d'hier et heureusement, et celle de sa nature profonde qui avance envers et contre tout dans sa réalisation d'elle-même.

Peut-être n'y a-t-il qu'une vérité pour l'éducation d'un petit chiot, qu'il soit doué ou pas, c'est l'amour et le positif. Seulement dire *« C'est bien, avance, sois toi-même »*.

Cœur allégé du vouloir bien faire, esprit retrouvant ses propres vagabondages, nous nous baladons aujourd'hui dans notre petite rue et tout est différent. Le poids de la vie s'allège, mon petit chien en est tout sautillant. Il gambade, crée des signes de piste, s'arrête au pied d'un arbre et le marque de son odeur. Il fait si bon aujourd'hui, et nous cueillons l'instant de notre balade dans la douceur de l'existence.